해독의 지느러미를
헤쳐간다

사이펀 현대시인선 15
해독의 지느러미를 헤쳐간다

© 2022 김미선

초판인쇄 | 2022년 11월 05일
초판발행 | 2022년 11월 10일

지 은 이 | 김미선
기   획 | 계간 '사이펀'
펴 낸 이 | 배재경
펴 낸 곳 | 도서출판 작가마을
등   록 | 제 2002–000012호
주   소 | 부산광역시 중구 대청로 141번길 15–1 대륙빌딩 301호
         T. 051)248–4145, 2598   F. 051)248–0723   E. seepoet@hanmail.net

ISBN 979–11–5606–202–8   03810   정가 10,000원

※ 본 도서는 2022년 부산광역시, 부산문화재단 '부산문화예술지원사업'으로 지원을 받았습니다.

사이펀 현대시인선 ⑮

해독의 지느러미를 헤쳐간다

김미선 시집

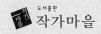

도서출판
작가마을

흔들림 속에서도
흔들림을 바라보는
아포리아

하물며
그 소용돌이 속에서도
리듬을 타는..
나의 안녕들

2022년 가을

김미선

김미선 시집

• 차례

005 • 시인의 말

1부

013 • 갯벌 질주
014 • 4월의 짜라투스트라
016 • 이중연속무늬
018 • 그처럼 간절히
020 • 관습에 대한 보고서
022 • 한파주의보
024 • 하드먼손 램브란트의 그림자
026 • 굴곡에 대하여
028 • 속수무책
029 • 만행
030 • 수국
032 • 소실점
034 • 스미다, 스며들다
036 • 기억에 대하여

사
이
펀
현
대
시
인
선
⑮

2부

041 · 랩소디 풍으로

042 · 블렌딩

043 · 어느 자화상

044 · 동백

045 · 아버지를 읽다

046 · 혼술

048 · 성난 파도 I

049 · 문을 바라보다

050 · 그의 불편한 방식

052 · 4월 소나타

054 · 순례

056 · 늪

058 · 첫인상

060 · 삶, 또는 사랑

061 · 콤플렉스

• 차례

3부

065 • 애월읍

066 • 오류에 대하여

068 • 콜라텍

070 • 카르마

071 • 적소에서

072 • 인도시편 11

074 • 인도시편 111

075 • 겨울 역행

076 • 벗어나도 나에게 작열이라면

078 • 역설

080 • 정오의 비

082 • 어퍼컷

083 • 부음

084 • 갯깍 주상절리

086 • 헤드라이트

4부

089 · 설산 앞에서

090 · 아르브강의 저녁

091 · 나의 무릉리

092 · 꽃과 벼랑

094 · 여행 일기

096 · 달마고도

098 · 알함브라 궁전을 지나며

100 · 산복도로

102 · 인월 민박

104 · 유랑

106 · 꽃무릇에 기대어

107 · 회상 처방전

108 · 저녁 미사

110 · 빈 배로 누워

111 · 바람의 끝

113 · 해설: 몽상에서 명상으로, 혹은 해탈의 길 _황치복

siphon

사이펀
현대시인선
15

해독의 지느러미를 헤쳐간다

제1부

갯벌 질주

저 검게 휘어지는 등뼈 사이로 짱뚱어 뜬 눈이 반짝였어

나는 달빛의 등 뒤에서 짱뚱어 눈빛이 되었어

거죽만 남은 빛바랜 시간 속의 심연을 보고 싶었던 거야

썰물이 썰물에게 백기를 흔들며 숨결을 토해내고 있었어

어디로 향할지 도주하는 11월의 밤을 후벼팠어

왔다가 가버리는 물결을 찢어 한 굽이 돌아 나가는 거야

탈진한 생의 굴레를 어둠으로 지우고 싶었어

한 점 악다구니도 남지 않게

물살에 밀려온 검은 사리가 고행을 다독였어

질척이는 파도의 자국에 눈 먼 새벽을 꽂았어

4월의 짜라투스트라

4월의 자작나무 숲에서는 빛이 줄기다

적막 사이로 리듬이 리듬을 타고

길을 삼킨 숲이 이른 새벽으로 솟아오른다

어디선가 비발디가 흘러나오고

수많은 나무들은 지상의 십자가로 만발하고

나는 누구의 빛이었나

내 여정이 어느 위성을 더듬듯 자라나면

먼 길 돌아온 눈물을 푸른 하늘에 넘긴다

전언 같은 햇살이 바람을 스치고

숲속에서 니이체의 심장이 빗방울 소리를 낸다

조용히 앓던 슬픔이 자작나무 둥치에 조명등을 켜고

반짝이는 말씀들을 쏟아낸다

이중연속무늬

붉은 방에서 그믐달과 십이월의 달력이 악수를 청한다

소리 없이 켜켜이 쌓여간 몽상이
부스러진 빵가루처럼 바닥으로 떨어져 내리고

벽과 테이블은 지극히 모호한 온기를 데워간다

누구도 고흐와 고갱의
빛나간 밤의 잘못을 얘기할 수는 없다

나날들을 쪼아 탱고 춤을 추고 겹겹이 저물다간
기억 속을 측량할 수 있는 이는 없다

만찬을 꿈꾸는 마티스 여자의 머리핀에는
몇 개의 뿔이 박혀 있을까

멜로디의 숨통 사이로 그들의 흐린 불빛 같은 모티브가
밤의 그림자를 끌어당긴다

초록이 더 이상 초록일 수 없는 관계에서는

뜨거움과 냉정으로 붉게 물든 풍경이 솟아오를 뿐이다

마지막으로 뱉은 안녕은 식탁에서
그들의 성숙한 꿈은 창틀에서 연속무늬로 피어난다

* 앙리 마티스의 그림 "붉은 색의 조화"에서

그처럼 간절히

당신과 나의 눈빛이 닮아가듯
바람은 파도에 익숙하다는 걸 알았어요

당신이 나에게 바람의 말로 속삭이듯
파도가 당신의 말에 귀 기울이고 있어요

그처럼 간절히
보랏빛으로 깊어가는 분화구에서
숨차 오르는 물의 깊이를 들여다 봐요

물결 지는 선명한 광채가
나를 향해 반짝이는 당신의 눈빛이라는 것을 알았어요

어떡해요
어떡할까요

해양판과 대륙판의 충돌로 생긴 마그마가
산을 꿰뚫듯

위도가 경도이든 경도가 위도이든 상관없이

독수리가 힘차게 날아올라요

몽골 처녀의 춤처럼
어깨를 힘차게 흔들 수만 있다면

그까짓 조금 멀어진 50°100° 호텔까지의 거리는
그 높은 곳에서 그 깊은 곳까지 닿아있는 당신과의 간극은

단 한 순간의 반짝임으로 첨벙 뛰어넘을 수 있어요

관습에 대한 보고서

지금 여기는 어둠밖에 없어요

지새우는 밤에는 하루가 몇 장 숨어 있을까요

늘 조용한 행보지만 속은 까맣게 탄 지 오래

별을 장식한 동서남북 방위보다
순간 떨어지는 별똥별에 마음이 기울어져요

잠시 사라지는 길들, 오래된 절벽들
채워지지 않는 절박함이 부표처럼 떠다녀요

잠들지 못하는 슬픔을 따라가면
생각을 멈출 수 있을까요

오래도록 보관된 저녁의 습관은
여전히 밤을 줄였다 늘였다를 반복해요

살별은 그럴듯하게 직조되어 구르는 돌처럼 위장하나
내겐 아무 소용이 없어요

〉

때를 잘못 맞춰 켜진 가로등처럼
다시 아침이 와요

밤을 지새우느라 마음에 없던 말들이
무럭무럭 자라나요

또 다른 하루가 각자의 방식으로 렌즈를 갈아 끼워요

한파주의보

따뜻한 오른쪽이 그리웠다

추위가 어깨를 누르고
하늘이 평형을 벗어났다

그해 겨울에 찾아간 폭포는
흰 날개를 펼쳐 빙벽으로 날고 있었다

외딴 비탈길에 만난 후투티의 울음이
가슴 언저리를 스치고 지나갈 때
야윈 당신의 그림자가 잠시 다녀갔다

호수 속 살얼음이 꺾인 허리를 서로 기대고 있었다

꺼질듯 한 보폭에 불을 당겼으나
온종일 내변산은 차가웠다

어디서 들려오는 물소리가
서로의 은폐된 온기를 데우는 동안
생피 다 쏟고도 직립으로 서 있는 침묵

〉

온 산이 쩌렁쩌렁, 푸른 등을 켜고 있었다

궤도를 벗어난 사이
나는 허공을 딛고 당신을 견디고 있었다

하드먼손 램브람트의 그림자

오후 3시의 사색이
나선형 계단을 내려선다
의식을 번역하는 창백한 독백이
목덜미로 흘러내리자
정오의 늦은 햇살이
다면체의 구름을 건져 올린다
어둠에 불을 지피는
싸늘한 절망의 언어가
불안한 시간을 포섭하고
창가에 앉은 노인은
나뒹구는 고뇌를 새김질한다
그늘이 창틀 사이로
장엄한 어깨를 타고
연금술을 불러 모은다
허공을 쌓아가는 화가는
사유의 두께를 재기 시작하고
역광을 받아 든 통점이
고독한 심장을 질주한다
생각하므로 존재하는
큐비즘의 회로가

노을빛 영혼을 풀어 헤친다

굴곡에 대하여

휘어진 길을 걷는다

모퉁이가 끌어당긴 하얀 벽들이
담론을 헤집고 물음을 쏟아낸다

어제의 불면이 쏟아지고
음모는 기억나지 않는다

헤쳐 나온 걸음이 흰 이마를
드러내며 불협화음을 빗질하고

단세포 시간의 은폐된 풍경이
잘게 부서져 숲을 끌고 간다

눈이 붉어진 고백은
전송되지 못한 채 길바닥에 떨어져 굴곡지고

등성이에 매달린 슬픔이
외딴 오솔길을 밀어 올린다

순간 긴장을 놓친 내 걸음이
말랑해진 하늘 따라 직선처럼 순해진다

나를 따라온 기억은 스스로 빛나고
굴곡은 이제 구르다 멈춘 눈망울처럼
가슴팍에서 붉게 자란다

속수무책

나는 지금 팽창되고 있다
갈등하지 마시오
직진하지 마시오
내 안에 숨어들었던 별들이
암전되었다가
수백만 볼트를 치켜 올린다
무수한 태양계가 나의 저녁을 끌고 가고
일상의 반경을 따라 돌던
길들은 고립된다
나를 옮겨 실은 화살표의
반복되는 줌 아웃
종일 행성 사이를 방황한다
두리번거리는 비명 멀어지고
급히 빠져나가는 분열이
경고등을 달군다
등판을 후려치는
붉은 명왕성이 비명을 닫고
혹독한 진화를 시도한다
햇살 끝에 닿는 빅뱅이 자동 해지되고
나를 향해 차오르던 대폭발이
잿빛 반란을 단행한다

만행萬行

바람의 중력을 버티며 꿈은 괜찮은가요

팔작지붕 홑처마 아래
매화는 슬픔을 조금씩 꽃잎으로 녹이고

붉은 밤을 건네받은 봄이 훔치는
드문드문 이별의 눈발은 괜찮은지요

허술하게 쌓은 인연을 두드리는
부도탑의 고양이 유리를 숨기고 유리를 통과하는데

문득 건너오는 풋잠 내려놓은 발자국 어떠하신지요

홀연히 떠나 붉은 꽃 불러들인
물고기자리가 겹겹 생명입니다

수국

나는 언제나 우물 한 자락 품고 다닌다
평생 퍼올려야 할 정화수
바람을 만나야 할 때마다 두레박이
첨벙 소리를 낸다
어디에 머물더라도 나를 돌아보는
수맥은 분리되지 않는다
지상으로 찾아 나서는 예민한 관들
좀처럼 미동하지 않는다
품어 올려야만 하는 숙명에 길들여진
야윈 팔은 잠시도 수로를 벗어 날 수 없다
넘쳐나는 홍수가 목마름을 집어삼키면
퍼 올릴 수 없는 무게가 나를 숨막히게 한다
힘에 겨운 물살이 역류한다
땅속 어디까지 흘러 들어가는지
예측할 수 없는 곳에서 젖은 풍경들이 일어선다
범람한 소문이 물길을 휘감으며
치명적인 꽃잎을 흘러보낸다
출렁이는 꿈처럼 만개하지 못하는 미소
둥근 얼굴이 뜨락에 내팽겨쳐진다
수심 깊은 불빛들이 하얗게 날아가면

여름을 종단하려는 나의 번진 노을이
벼랑으로 기울어진다
세상 깊이 웅크리고 있는 물씨
나를 향해 한 뼘의 넓이로 잦아든다

소실점

한랭전선이 다녀갔다

태엽이 풀어지고

갈등에 시달린 호흡을 고른다

격렬하게 스러진 추락이 허물을 벗는다

묵시의 시간들이 난파된 꿈을 몰고 오면

빈혈을 앓았던 수많은 일상들이

해독의 지느러미를 유유히 헤쳐간다

살아간다는 것은 불륜을 바라보는 일

허우적거리는 팔을 잡아당기며

숨 가쁜 달을 다독거린다

휘청거리는 나는 파도를 밀어내며

탈진한 시간 속에서 은신 중이다

스미다, 스며들다

나는 다 보내지 않았어
섬 그림자 짙은 와온에 너의 눈매가
서쪽으로 휘어져 가고 있었어
가장 가까운 물결로부터 빛은 멀어져 갔고
너에게 스며드는 시간은 옅어져 갔어
소중한 것들은 어루만질수록 뜯겨 나갔지
살아지지 않던 날 선 울음들이
핏자국 선연한 갯벌을 퍼 담고 있었어
지독한 땡볕을 어떻게 견뎠는지
그림자는 그림자대로
어김없이 신작로를 빠져나가고
세상에 없는 희극처럼 저녁이 오고 있었어
꿈의 습지가 말을 걸어오면
해변 저편으로 건너가지 못하는 내가
캄캄하게 밖으로 떨어지고 있었어
익숙했던 사랑을 잃어버린
나는 방향을 놓아버린 채 머물러 있었어
궤도를 버티고 선 실루엣이 길을 열고
갇혀있던 별빛이 스며드는 중이었어
멈춰진 것도 바래어진 것도 없는

드넓은 뻘 속으로 잠시 다녀오려고 해
붉은빛 번지는 아다지오를 기억해줘

기억에 대하여

적막의 버튼 마저 사라진다

내게서 떠나간 무늬가 고요를 펴 보고 있다

그가 버리고 간 낯선 부호들이 말라가는 틈새

구겨진 실루엣 따라 검붉은 면죄부가 피어오르고

숨어 있던 말들이 가볍게 목례를 나눈다

잿더미 속에 웅크리고 있는 잃어버린 단추 하나

잔잔히 불씨를 틔우고

하얗게 바랜 마음들이 화농처럼 번져간다

살아 있어 그리고 사라져버린

백미러 안의 오래된 언어들이 풍경을 조율한다

스치듯 지나가는 격랑은 어디쯤에서 다시 가라앉을까

그간의 무심이 유리문을 밀고 사라져간다

접힌 시간 사이사이 햇볕이 드나들고

배면의 그림자가 생을 둥글게 측량한다

사이펀
현대시인선
15

해독의 지느러미를 헤쳐간다

김미선

제2부

랩소디 풍으로

걸으면서 난 생각해요
바람에 말 건네지 않아요
하늘에 닿으려 하지도 않아요
단지 나는 걸을 뿐이죠
길이 아름다워요
살아가는 일처럼요
나 혼자인 채로 걸어가요
누군가의 미소는 흘려보내도 좋아요
격려도 때론 무겁거든요
껍질을 깨고 나가는
나무의 허공을 올려다 보아요
꽃이 지는 이유도 잊어버려요
오직 길과 함께 있어요
햇살을 헤치며 푸른 그리움이
이제 떠나는 것을 깨달아요
숨겨진 희열이 눈길을 틔우고
숨결은 있는 듯 없는 듯
눈부시게 빛나는 길의 영혼을
노래해요

블렌딩

너의 무늬와 나의 색채가 적절했으나
일사분란하게 달랐다

견딜 수 없이 빗나갔던 직선과 곡선처럼
형질이 샅샅이 터져 나뒹굴었다

긍정과 부정의 닿을 수 없는 극점은
안도와 불안의 상처를 휘저었다

동쪽과 서쪽이 또 다음을 불러내고
죽지 않을 정도의 그믐달이 히아신스를 피워 올렸다

직소폭포의 물결처럼
네게 이런 나를 들켜버린

힘겹게 물고 있는 한 올의 후생
기적 같은 일이었다

어느 자화상

나의 영혼은
대부분 잿빛이다
나를 펼쳐보는 사람들은
언제나 나를 떠나간다
쏟아지는 비를 역행할 수 없어
기적을 믿지는 않는다
그러나
가벼운 구름의 예감이
좁은 통로에 빨려 절망을 통과하듯
생을 걸어간다
안개로 피어나
진눈깨비의 고독을 들으면
내 안의 우수는 문득
예기치 못한 설레임을 듣는다
오늘도 나는
흰희를 맞으며
저녁 산책을 나선다
안심하라
나의 바슐라르여

동백

동공 깊은 곳까지 칸칸이 붉어지는 틈
탱고 춤을 춘다

솟아 난 돌기가 팔을 당기고
심장을 밀며
흰 눈 위로 스텝이 펄럭인다

나를 간통하렴
리드미칼하게 부서지는 고통이여
나를 잊는 것은 내가 아니다

허공을 안고
환각을 풀어놓는 아디오스 노니노
강렬한 몸짓의 비명을 쏟아낸다

동녘을 태우는 동안
피어나지 않으면 견딜 수 없는 불꽃
쉘 위 댄스 쉘 위 댄스

미혹이 도취가 되어가고
휘어지는 낙화가 별이 되는

아버지를 읽다

당신의 눈가를 읽으면
빗방울이 내 어깨를 쓰다듬는다
교차로를 넘어온 먼 실루엣이
오래된 팔 차선을 당겨오고
슬픈 핏줄이 새롭게 살아난다
당신 생각은 보도블럭에서
모자이크한 기억을 풀어헤친다
숨 가쁜 빗줄기가 물 계단을 올라
덧칠한 카페의 창문을 두드린다
지상을 이탈한 푸른 바다가
안개 속으로 당신이 없는 저녁을 퍼 나른다
빗줄기 따라 당신은 꽃으로 부풀어 오르고
나는 꽃잎의 선율을 따라간다
젖어 드는 것들은 그리움의 보폭으로
지상의 목덜미를 낚아챈다
내가 비의 통제부를 놓친 순간
하얀 제복을 차려입은
당신의 환상이 펄럭인다
가라앉은 나를 위해 아득히
저문 꽃에 불을 지피신다
아버지를 읽으면 내가 먼저 읽힌다

혼술

먼 여행길을 혼자 나서는 것처럼
그녀는 비 오는 오후 낮술을 즐긴다

불콰하던 태양이 슬며시 길을 열어주고
먼 행성이 떠다니듯 비의 꼬리가 길다

저녁이 사라지는 방향으로 배낭 짊어진 걸음은
자꾸자꾸 설렘을 술잔에 채우고

가진 것 다 내려놓으면 비워진 집들
다시 차오를까

빈 잔은 스스로 자라나고
몽상가의 여행은 파란 문으로 열린다

비의 독백과 대작 중인 그녀는
어디서 오늘의 불안을 쓰고 있나

몸속 지도에 닿지 못한 실핏줄이
미지의 그곳에 발자국을 찍는다

〉

취기 오른 여정은 모래처럼 흘러
사막여우 꼬리에 닿을 수 있을 거야

빗줄기가 달의 뒤편으로 쏟아져 내린다

성난 파도 I

절묘한 기울기로 너에게 다가 갔어

어스름 저녁 모래톱에 앉아 출렁이고 있더군

가까이 다가서면 눈길 주지 않는

한 뼘 정적으로 너를 보았어

슬픔으로도 달랠 수 없는 거울 속의 저편

마주한 내가 마침내 풍경이 되었어

새로운 상처를 수평선에 걸어 두고

단단히 밀봉된 포말이 부서졌어

영혼의 동지를 찾아 나선 뒤척임으로 고통을 잉태하고

입술 다문 나는 또 다른 섬을 서성거렸어

그대 누구도 손잡아 주지 않았어

문을 바라보다

너의 닫힌 문 앞에서 나는 붉어진다 웃자란 하루가 함박눈으로 쌓여가고 가끔은 문 안의 알 수 없는 균열이 서성인다 아직 남은 온기가 은폐된 실선 따라 안과 밖을 펴 가면 닫힌 문짝이 순한 이마를 내민다 부스러진 절벽처럼 접힌 시간이 시치미를 뗄 때마다 생겨난 옹알이는 무표정한 초침으로 들썩이고 빛에 묻어 둔 봉인된 입술이 수북이 쌓인다 온몸으로 소리를 움켜쥐고 갈고리에 걸어 둔 엇박자를 검색한다 두드리지 않으면 부서지지 않는 경계 기다려야 할 시간은 단호하다 접힌 시간을 겉돌고 있는 겨울의 문고리 슬픔을 꾹꾹 누르며 아득한 기억의 열쇠를 밀어 넣는다

그의 불편한 방식

그는 어둠을 업고 키가 작은 꽃처럼 웃었다

그때 터널을 통과하는 펜로즈 계단이 나뒹굴고
어둠을 가르는 절벽은 보이지 않았다

이미 몇 번의 터널을 통과한
아니 그 속을 걷고 있었던 그의 꽃술은

고통에 찬 호흡이 신전을 삼킬 때마다
별빛에 찢긴 눈매로 부풀어 올랐다

하늘을 향해 꿈을 장전하는 여유

그는 불가능이 없었다
천륜을 끌어당겼다 놓은 슬픔에도 늘 웃었다

반짝이지 못하는 이 별의 통증은
늘 가슴 한켠으로 삼켰다

오르고 내려도 끝이 보이지 않는 음계의 통로에서

처절하게 달려온 그의 하루가 뭉클해졌다

하늘은 저리 높아 또 무슨 신호를 보내고 있었을까
바람 한 점 없는 그늘의 배후를 그가 밀고 갔다

4월 소나타

초록 꽃눈 총총히 돋아나고
목련 부풀어 오르던 그 자리
수양 벚나무 춤사위 펼친다
숨을 몰아 뱉어내는 고갯마루에
허기진 꽃들 난분분 깊어가고
진달래 덩굴 사이로
허물처럼 벗겨지는 봄의 말들
늣점골 어디쯤 불을 지핀다
날리는 사월을 지핀다
붉은 산다화 목을 꺾으며
한 악장을 넘기고
팡팡 터지는 하루가 비틀거린다
꽃잎 떨구는 희뿌연 고백들
청춘이 청춘을 밀어내듯
연둣빛 산천 넘어간다
장엄하게 펼쳐지는 풍경이
할미꽃처럼 휘어져 흩날린다
꽃 피고 지는 슬픔 한 대목
슬몃, 펄럭이다 사라진다
눈물이 떠다닌다

환상을 떠도는 환상
어디에도 닿지 못하는
음절이 슬픔을 연주한다

순례

벽을 피해 낮은 지붕 아래 선 오토바이
어김없이 악몽에 빗금을 긋는다

몸을 휘감는 불안이 사이렌 안에서 부스럭거린다

자국 선연한 갈기가 골목을 긁고 있다
폭주를 대신해 휘날리는 벽으로 기어들어 가는

주체하지 못하는 바퀴들

날 선 차단기를 더듬는 짙은 암흑 너머
허공을 질주하고

건너가지 못하는 막다른 뒷골목은 의외로 담담하다

아슬, 아슬하게 펄럭이는 시그널
흑과 백으로 구분되지 않는다

어둠을 익혀 또렷이 드러나는 밤하늘에
방향 감각을 잃은 망각이 신호를 등지고

〉

조심스레 수습된 불안이 오버랩된다

벗어나려 할수록 또다시 펼쳐지는
난간이 일상을 지탱한다

늪

당신은 오후 3시를 좋아하나 봐요
잿빛 하늘이 안락의자에 내려앉은 시간이네요

소품으로 놓인 코발트 등받이가 허공으로 발을 뻗으며
총총히 기지개를 펴고 있어요

움츠린 어깨도 안개를 더듬어 일어서려나 봐요

나는 곰곰 무엇을 적고 있었는지
복면한 슬픔이 끌고 다니는 늦은 오후의 습지

부표처럼 떠 있는 창문에는 백악기를 지나온 당신의 우
울이
고스란히 보관되어 있네요

벗어나려 할수록 비명 속으로 빠져드는 애절한 눈빛이
당신의 계단을 내려서려는데

세상을 잊은 몽환적인 아리아가 정적을 갉아 먹는 불안
이라니

〉
이방연속무늬를 말아 올리는 르네의 거실이
투명하지않는 유리 벽 사이로 빠져나가고

은폐된 채 젖은 햇살을 담으려 깊어지는 일은
이제 그만 두고 싶어요

안간힘 쓰며 버티는 벽난로에 장작을 가득 채우면
그림자 깊어진 빈 소파가 붉어져요

안녕이라는 저녁 인사를 꺼내는 움켜쥔 나의 손들이
당신의 어둠에 빠져들고 있어요

첫인상

지리산 둘레길 1코스를 걸어요

당신과의 접속을 시도해요

환한 산길 지나면 울퉁불퉁 좁은 길이 있네요

우람한 나무를 보면 당신을 바라보는 눈빛이 흔들려요

엷은 오솔길이 농담처럼 흐려지고

고개를 가로젓는 먼 시선이 진실인 것처럼

당신의 바람 같은 맨발이 흙을 밟고 가네요

빼곡히 들어선 원시림이

새의 발자국 따라 알 수 없는 페이지를 넘기네요

하나하나 변해가는 저 구름을 따라가 볼 작정이에요

또 어김없이 비 내리면 허물어지겠지만

그래도 당신을 끊임없이 스밍해요

어떤 것이 새털구름이고 또 어떤 것이 먹장구름인지

당신을 들여다 봐요

삶, 또는 사랑

한순간 머무는 바람이야

그리고 영원히 사라지지 않을 태양을 사냥히고 있지

백지를 채워줄 행간은 새가 노래하는 환상일 뿐

광활한 날들의 낱글자들이 슬픔으로 가득 떠다니지

순탄하면 아름다움이 아닌 것처럼

기도를 품은 햇살이 흰 눈으로 내리기도 하지

절망을 받쳐주는 뿌리로, 꽃들이 저만치서 펄럭이고

향기는 유혹의 다른 말처럼 침묵 속으로 사라지지

정녕 캄캄하고 환하게

콤플렉스

나는 더는 버티지 않아도 괜찮았다
불안이 넘어지기 딱 좋은 시기였다

몰아치는 비바람이 비말처럼 터져버린 밤
늘 온순한 꽃대가 도발적이었다

또 다른 페르소나는 폭죽을 터뜨렸고
어딘가에 숨어 있던 뿔들은
내 여린 눈매를 공격하기 시작했다

연잎처럼 비를 받쳐주던 맑은 얼굴이
가시 선인장을 떠받치고 있었다

언제나 평온을 가장한 하늘이었다
커브 길을 돌아 통로를 이탈한 그림자
터널을 빠져나가는 긴 울음을 들었다

나에게 길든 헐벗은 숲에
열병이 뚝뚝 떨어져 내렸다
감당하지 못하는 중력을
더는 버티지 않아도 괜찮았다

사이펀
현대시인선
15

해독의 지느러미를 헤쳐간다

제3부

애월읍

일몰을 보러 왔다가
파도를 껴안았어
바람은 불고 어깨는 시려
온몸이 떨렸어
아마 밀물이었어
노을이 해를 밀어
내 무릎까지 물이 들어찼어
어서 일어나야 했어
파도의 물거품이 나를
응시하고 있었어
그만 발목이 잡힐 것 같아
잡히고 말 것 같아
돌담 환한 봄날을 찾아갔어
저녁 개는 컹컹 짖어대고
커피는 연인의 숨결처럼 따뜻했어
나에게 때아닌 봄이
올 것 같았어
다시 설레이기 시작했어
어떨 결에 맞았던 파도가
낮은 물소리 쏟아내었어

오류에 대하여

내가 풀 수 없는 수수께끼는
스스로 치료를 거부한다

출렁이는 겨울이 한 뼘씩 자라는
숨은 뱀의 조화

갑자기 울려 퍼지는 비명 뒤의 일그러진 미소가
꽃 더미를 밀어붙이고

등불 하나 켜 두었던 여름의 푸른 잎사귀
삼킨 해를 뱉어낸다

헤어 나오고 싶은 꿈
발버둥 칠수록 올무에 감겨들고
구름은 산을 휘감고 돈다

웅크린 살점이 얼굴을 붉히며
낯선 더듬이를 신명나게 펄럭인다

벽에 기대어 열쇠를 만지작거리면

축복인 듯 묘연한 행방이 짧은 입맞춤을 한다

낡은 자물쇠 곁에서 남루한 끄나풀이
탈출구를 천천히 돌아 나간다

콜라텍

젠장
하늘이 회색구름으로 내려앉은
시장 뒷골목
반짝이는 청춘은 없고
화르르 지는 봄날은 더욱 없다
발바닥 불어터져 애써 지핀 열기가
가푸게 숨을 몰아쉴 뿐

파장 끝머리
희끗하게 소음 덮어 쓴
농염한 립스틱이 발목을 잡는다
어눌한 탱고가
흑백 필름의 안개 낀 정사를
꿈꾸며 탐색하고
빛나간 추억이
낡은 화폭을 끌고 온다
어스름 저녁
불콰하게 오르는 바큇살에 감겨
휘청거리고
봄날을 훔친 구릿빛 한숨이

급하게 장터를 돌아 나간다
겨울에도 피는 꽃을 향하여

카르마

허우적거리는 분다리 꽃
날아가려는 것 힘겹다

휘청이는 흑점은 천칭에 매달려
상현과 하현을 저울질하고

질려버린 어둠이 사라지는 동안
바람든 생은 날을 세운다

만다라가 기억하는 늪

숨겨진 본능이
벽에 부딪혀 슬픔으로 떠돈다

삭이지 못하는 천성은 파열음을 쫓아가고
등 돌린 세상이 야위어간다

올가미 씌운 환생
끝없이 다가오는 명상에 든다

적소에서

실상사 첩첩 담겨 온 붉은 바퀴 빠져나간다

만수천 지나 석장승 딸꾹질 흔들리고

피고 졌던 백 팔 번뇌가 서럽고 서럽다

물소리는 밤새워 반추하고

가득함 빛나고 비움은 그늘지는 설법 골짜기를 적신다

뜨거운 법열 솟아나 무너진 탑비는 서리에 뒤척이고

하늘 한 뼘 남겨놓은 지극한 생애가 여울진다

정토가 솟구쳐 올라 깊은 허공에 닿은 나는

고스란히 지상에 내려선다

인도 시편 11

– 수행자

헝클어진 바람이 진언을 굴린다
자욱한 허공이 느린 호흡을 끌어당기며
좌정한 자이나교 허기진 어깨를
감싸 안는다
주름살 깊이 침묵하는 고뇌가
안개를 헤치며 경전을 쏟아내고
검붉은 사유가 푸른 눈빛을 따라
강가를 휘날린다
해독할 수 없는 미소가 끌고 가는
고행의 극치는
목숨의 두께를 배회하고
움푹 파인 관자놀이가
쏟아지는 유혹을 휘감는다
우레가 칠 때마다
눈을 감고 살을 내어주며
신이 허락한
영원한 자유를 쫓는 여윈 몸이
풍화를 견디는 중이다
어제의 물결이 출렁이고
오늘의 해가 변함없이 떠오르는

갠지스의 아침

나의 거짓과 절망은

희디흰 헛꽃 날개를 털어내며

짓눌린 바라나시 가트를 돌아나간다

인도 시편 111

― 영취산에서

넝마의 창이 마니차를 돌린다
계단 층층이 구걸하는 눈빛
어지러운 비명 쏟아져 내리면
팔월의 햇빛은 아득히 살이 오른다
뜨거운 정오에 시달리는 적선은
아찔한 광채에 전생을 맡기고
신음하는 고뇌가 별빛을 일으킨다
처절히 달려드는 오뉴월 번뇌가
휘장을 펼쳐 열꽃을 피운다
보시로 태양 붉게 일렁이는
생의 고비마다
흘러넘치는 아뇩다라삼먁삼보리
염불을 지고 먼 고행길 떠난다
산 밖의 구름이 신열을 떨쳐내자
세상을 밝히는 목탁소리
전갈처럼 웅크린 걸인의 죄업을 닦는다
생의 페이지마다 접혀있던
싯다르타의 사연들이 법화경을 설한다

겨울 역행

밤사이 암호를 매단 진눈깨비 쏟아진다
투구 달린 산의 정수리에 태초의 울음 떠다니고
눈시울 적시는 봄꽃들 역류한다
난파선에 걸린 풍경은 환각처럼 나부끼고
신드롬에 빠진 꽃샘추위가 묵시록을 펼친다
마지막 골짜기는 최초의 숲을 잉태한다

은빛 칼날이 방풍막에 스위치를 켠다
고립된 나무는 하얗게 물든 세상을 배회하고
나는 렌즈 안으로 걸어 들어간다
회색 실루엣이 봄빛을 안고
치매 병동의 어머니를 찾아간다
아득히 수미산 가는 길은 다시 겨울이다

벗어나도 나에게 작열이라면

분망한 내가 어떻게 이곳까지
흘러들어 왔을까요

구멍 난 화산석에 기대어
가슴이 없는 바람을 보았어요

그 바람 따라 민둥산을 따라 걸었더니
세상 모든 지워진 것들만 가득했어요

고비사막의 모래 물결만큼이나
많은 구름들이 떠다녔어요

구름은 하늘을 부르고 하늘은 다른 하늘에 밀려 갔어요

그렇게 눈앞에서 사라져갔어요

흐트러짐 없는 한 호흡도 빠져나가고
불꽃 일으키던 어떤 파열음은 허공으로
두 팔을 벌렸어요

언제 흘러들었는지
눈동자 하나가 오똑하니 화산구에 떠다녔어요

쪼그리고 앉은 햇살이 흔들릴 때 나는 그저
분화구에 몸 담은 한 점의 먼지였어요

갇힌 하늘에 떠돌아다니는 순간이었어요

역설

젖은 벽에서 지독한 허기가 피어난다

견뎌야 할 하루가 그곳에서 시작한다

틈틈이 햇볕이 드나들지만
봉인된 질주가 아침을 들어 올리고

너덜거리는 안부가 냉기를 견디며 서 있다

안녕, 잘못 다져진 고백들아
순응이 쏟아져 바닥의 어깨를 두드린다

마음의 밀도가 닿지 못해 훌쩍거리는 저녁이 오면
서성이던 빛이 귀를 닫아건다

벽에 스며든 위안이 위안 따라 되살아나고
잘 견딘 일상이 조난 경보등으로 반짝인다

절망의 감촉이 둥글둥글 환해진다

살별에 나부끼는 그늘의 한쪽
숨겨진 꽃이 어둠을 맞아 부풀어 오르고

단단한 마른 살이 꽃잎인 듯 흩어진다

정오의 비

비는
그의 하루를 지시한다
자욱한 안개 사이로
경고등은 스위치를 내리고
일상의 반경이 지하로 내려선다
일그러진 거리
암전된 부호들이 얼굴을 쓸어내리고
목을 축이는 화살표가
지상을 메운다
거리엔 온통 깃대 잃은 빗방울이
쉴 새 없이 올가미를 던지고
근간에 폭죽 터뜨린 벚꽃나무
하현달을 끓이며 채색되어간다
분분히 날리던 꿈의 조각들
물보라를 밀어내며
현기증을 부른다
흐려진 시선이
축을 잃은 그를 적셔간다
가위눌린 제비꽃이 잠식되고
휘청이는 걸음은 비 오는 거리를

오래 걸어간다

움푹 패인 하루가 깊고도 깊다

어퍼컷

뜨거운 말의 보폭이
한순간 복면을 덮어쓴 채
먼 기리의 잠을 끌어 온다

잽으로 훑어 내린 거침없는 변명이
말문을 부러뜨리고
시간 차에 밀려난 훈수가 눈알을 굴린다

내리꽂히는 빗방울 사이
지워지지 않는 라이트 혹은
팔짱을 낀 채 화석이 되어가고
낡은 글러브 위로 내민 긴 팔꿈치는
버둥거리는 옆구리 공격을 쏟아낸다

날 샌 펀치를 받아들이는 둥지가 팔랑거린다
남루한 손짓은 휘청이며 밀려나고
감당할 수 없는 물안개가 잿빛으로 일렁인다
단란한 한때가 갓길로 흐르는
흐린 날 아침
허공에 속사포를 날리는 빗방울이 통증으로 온다

부음

마지막 들숨 가라앉는
9월의 저녁 햇살이
한 생을 털어내고 있다
조등이 걸리고
가시 없는 먼지가 빛에 엉기며
잠시 마른 목을 축인다

저무는 울음이
망자의 생애를 적시며
지상의 아린 꽃을 배웅한다
수렁 깊숙이 빠져든 상념 사이로
억새가 일렁이고
쓰려오는 명치끝이
하얗게 무릎을 꿇는다

극락왕생이라는 말
넋 내려놓고 사라져간
허공 너머
머나 먼 행성 길
그려질 수 없는 별을 조용히 받쳐 든다

갯깍 주상절리

벼랑이 쪼개질 때
파도에게 흘러드는 나를 보았다
기우뚱거리는 바다의 심장 소리도 들었다

용암에 매달린 불가지의 미래가
물컹, 흘러내리는
화산으로 폭발한 우리라는 사이처럼

절벽 위에 매달린 갈매기가
비수 같은 구름을 찢고 돌아서면
그림자가 숨긴 기승전결이 터져 나오면

어떻게 매달려 살거니
뜨거운 재로 어떻게 견딜 거니

추측 불가의 포말이 우뚝우뚝
숨겨진 세상에 박히거나
물결을 타는 핏발 선 뇌관이 굳어가거나

몸 삭히는 농익은 파장이 비경의 일대기를 그려낸다

〉
그대, 이 생에서 속도를 다했는가

탈선한 포구가 수천의 소멸을 걸어놓고
돌기둥을 차곡차곡 쌓기 시작한다

식혀지지 않으면 설 수 없는
당신과 나 우리라는 소실점처럼

헤드라이트

벼랑길이 무성한 풀숲 사이에 솟아 있다

위태로이 걸어가는 삐에로
발자국이 또 다른 길을 꿈꾸고

행로에서 마주친 칡넝쿨의
슬픔 뻗어가는 올가미가
느리게 느리게 덤불 사이를 헤쳐간다

아득한 숲속 끝없는 산길
한 줄기 빛처럼 피안을 스치는

풀꽃 한 송이의 이정표가
추락하는 걸음을 건져 올린다

실성한 개기일식이
때론 당신의 물길이 되는

빛깔 없는 눈송이가 당신을 비춘다

제4부

설산 앞에서

이제 울음은 사양하겠어

지칠 줄 모르는 갈등은 어디로 사라진 거야

하늘로 가는 길이 펼쳐지고
짊어진 배낭은 어느새 무게를 잃어버렸어

한쪽으로 기운 벼랑이 스스로 일어서려 하나
걷잡을 수 없는 비명이 두껍고도 뜨거웠어

내가 언제 면벽에 들었던가
눈부신 빛으로 떠오르는 상상에 젖어 들었어

너울거리는 허공 속 나는 알맹이 없는 적막
쓰러진 빙하 한 자락에서 미끄러져
다시 일어서는 눈빛을 얻었어

차가운 걸음 뒤의 탄식마저 내려놓자
어둠 속 설익은 내가 와르르 쏟아져 내렸어

아르브강의 저녁

빙하를 쓰고
생각에 잠긴 여자가
알프론제 꿈길을 배회한다
정지된 노을을 껴입은 만년설이
벨라사 고개를 넘는다
산악열차가 정적을 토해내고
느린 땅거미가 시간 속으로 숨어든다
샤모니 성당의 종소리가
보아 숲을 넘어가면
거리의 붉은 기운이 와인으로 출렁인다
알프스가 뿌려 놓은 은빛은 석양으로 물들고
플룻 선율이 설산을 풀어 향연을 펼친다
몽블랑을 품은 트레커의 고독이
황량하게 젖어 들고
발머 동상을 에워싼 독백들
저녁 그림자로 내려선다
여자는 빙하를 주워 담으며
꿈꾸듯 설경을 그려 넣는다

* 아르브강 : 프랑스의 산악마을 샤모니를 흐르는 강

나의 무릉리

창틀에 걸린 바다가 펄럭인다
에메랄드빛 한 자락 피어오르면
한라산 자락에 걸린 해안선
풍광을 부려 놓는다
동백 사이로 행방 알 수 없는
붉은 파도가 자라고
출렁이는 햇살이 창가의 볼륨을 높인다
파도치는 어깨가 해변을 떠돌고
바람놀이를 꿈꾸는 이방인
한라봉에 추임새를 넣는다
잣성을 넘어 설록의 찻잔이
피안을 접속하는 순간
음표들이 맨발로 뛰어 다닌다
소슬바람이 하프를 켜고
팽나무 사이로 소리 없이
오로라가 피어난다
하늘이 고즈넉이 눈을 뜨면
너울거리는 풍경 속으로
수척한 봄이 날개를 펼친다

꽃과 벼랑

파도와 파도 사이 파꽃이 흔들리면서
헐벗은 꽃잎이 또 허물을 벗네요

도깨비골로 솟구쳐 오르는 묵호항이
깊숙이 숨겨놓은 새순을 올리고

한 줌 햇살이 바람을 읽어가듯이
꾸들꾸들한 벼랑이 생기를 불어넣어요

논고동길 언덕배기에 묻어둔
대대로 이어온 떨칠 수 없었던 슬픔도
얼떨결에 삼켜져요

그러면 지상을 받쳐 든 절벽 위의 판자집도
희끗희끗 꽃을 피워 올리지요

피어나는 건 세상의 진실이니까요

유토피아 심장을 깨우는 것이 폐허라면
더 이상 미련을 가지지 못하는

꽃은 거기서 피어나는 걸까요

지친 행렬 속에 무럭무럭 핀 계단들이
등대의 불빛을 밟고 왔나봐요

어둠이 어둠으로만 보이질 않아요

이제 물거품이 전해준 파꽃을 만나러 가요

가파른 골목이 더 이상 불운은 아니여요

슬픈 가락처럼 휘어진 하얀 꽃대가
지천의 어둠을 풀어헤쳐요

여행 일기

순간이 오고 간다
순환의 꼬리가 이어지는

꽃마리, 미나리아재비, 오이풀, 투구꽃, 꿩의다리, 금마
타리, 별꽃

습지에 핀 이름들
저녁에 나누는 수다처럼 만발한다

이방인을 배웅하느라 이방인이 된 당신

안개 속의 바람을 파먹으며
당신의 걸음은 남루한 변명을 하고 있다

떠나간 발자국을 따라가는 그림자

빨강은 빨강으로
파랑은 파랑으로

천 개의 발톱이 빚어 올린 바람의 빛 그대로

빨강 파랑을 신는다

새가 되지 못하는 여행은 없다
맨발로 하늘을 걷고 싶은 것이다

세상은 여느 때처럼
오늘의 습지가 내일의 사막이 될 수 있다

달마고도

산들은
서로에게 기대어 흐른다
부드럽게 혹은 거칠게
돌너덜 건너는 햇살 속에
땡볕은 자라나고
무성한 걸음이 구릉을 빠져 나간다
먹구름에 가려 소용돌이치던
8월은 비행을 연주하고
오랜 동행에 박힌 통증
너덜거리는 풍경으로 흐른다
우거진 천년의 숲이 그리울 때
고행자의 얘기가 공중에서 들려오고
탑을 향해 염원을 말리던
산 그림자는 폐사지를 남긴다
빛은 겨우 눈을 껌벅이고
골 깊은 어둠이 수천의 바람을 슬고 있다
몰고리재 지나 심호흡에 닿기까지
몰락을 꿈꾸던 나는
아픈 기억을 하나씩 자른다
비워지면 깨어나는 기도가

걸음마다 벼랑을 헐어내고
산사의 어귀를 서성인다
아득한 전생을 건너온 아미타경
산모롱이 돌아 나오자
달마산의 허리에
작은 등불 하나 매달린다

알함브라 궁전을 지나며

열두 사자상 뒤로 사라진 8천 개의 별들을 부른다
구름 한 점 없이 슬픈 하늘을 떠받치며
기하학 무늬의 술탄이 찬란했던 순간을 공명한다

사라지는 것들의 숙명으로 역사의 깊이를 잰다는 것은
은밀한 유혹에 이끌려온 두려운 시간들을
신의 문서로 묶어 두는 것이다

싸이프러스 나무로 넘쳐흐르는 불멸의 화신이
아라베스크 문양으로 잠입한다
빛바랜 햇살 뒤로 베어나오는 꽃의 처연함
연못 속으로 걸어 나온다

물을 따라나선 나스르 왕조의 화려한 날들
고여 있는 물은 용서받지 못하는 보아브딜 왕의 설움이
다
스테인드 글라스의 빛은 투명하고
붉은 사암의 환상이 물길을 돌아 나간다

오렌지 나무가 출렁이는 애잔한 화원

스며든 타레가 선율이 한때의 꿈을 연주한다
현란한 술타나 정원의 암울한 빛살
낙원을 뿜어 올리는 물빛 허공이다

산복도로

수평을 부수고 길이 일어선다
휘어진 집들이 창틀에 매달려
하늘을 담고 있다
해를 싣고 달아 난 저녁이
벽화 속으로 빠져들면
노을이 턱밑으로 흐르고
비탈길 실은 모노레일은
푸른 바다 위를 출렁인다
쪽문 들락거리는 촘촘한 그림자
골목 안 가로등을 흔들고
오래된 담벼락 모래시계가
하얀 달을 끌어 올린다
따뜻했던 판자집의 기억이
다시 반짝이기 시작한다
한때 현기증을 실어 나르던 이야기가
날개를 파닥이며
퇴화 중이던 168계단에서
아코디언을 연주한다
허물어진 꽃등이 노를 저어
수직의 그림자를 살며시 내려놓자

바닥을 헤엄치던 마을버스가
산허리를 싣고 사라진다

인월 민박

꾹꾹, 산길을 열어 새겨진 발자국
둘레길 길목에 엎드려 살아요

소박한 간판 별채처럼 걸어 두고서
반야봉 향해 제 가진 몫 숙명처럼 내려놓아요

깊고 깊은 계곡에 젖고 능선에 젖은 진초록
지리에서 익힌 해독서를 펼쳐 놓지요

그러면 세석평전 촛대바위에 만발한 구절초가
독수리 날개를 달고 공중에서 펄럭여요

무수한 산꾼들의 퉁퉁 불은 자국 위로
집 마당에 피워 올린 달맞이꽃 화답해요

이정표와 한 몸이 된 채
인월 달오름길은 언제나 기다림의 연속

제석봉 떠올리며 까마득히 저무는
태초의 그리움 밝히고 있어요

〉
전언 같은 달빛으로 길을 불러들이는
속정 깊은 주인장
뒤척이는 지리산 끝끝내 지키고 있어요

유랑

바람이 닿은 뜨거운 파장이
어김없이 불어와 멈추지 않네

행랑은 서로를 다독이며
태양을 벗겨내고
집시의 피를 훔쳐 담아
날개처럼 불멸하네

빙하가 낮은 언덕에서 울음으로 떨어지고

눈매 깊은 골짜기로 슬픔이 채워져 가네

네가 돌아가는 길은 이따금 쓸쓸하네
터덜거리는 투정 속에
모든 여정을 잠재울 순 없지만
세상의 풍경은 헐벗은 기다림을 잊지 않네

뚫어진 가슴으로 들어찬
바람의 온기가 생을 가득 채워주는 날

다시 돌아오라고 뿌린 물길이 빛나고 있네

흘러갔다 다시 돌아오는 우리의 우수처럼

꽃무릇에 기대어

여름이 기울자
천상에 기댄 사랑이
붉은 변주곡으로 출렁인다
선운사 도솔천을 가로질러
오로라 피어오르고
불굴의 심장들이
숨 가쁘게 내달린다
경계를 뛰어넘은
애틋한 설화가 산허리 휘돌아
첩첩의 적막을 풀어 놓는다
뜨거운 기억이 바람 돋구어
풍경을 부추기면
산허리 위태롭게 흔들린다
핏빛으로 솟구친 활화산이
비껴간 사랑을 지우고
불꽃 한 상 차려진 칠부능선은
핏빛으로 노을진다
환승역을 지나는
낭자한 슬픔이 눈부시다

회상 처방전

어떤 물음 뒤에 깊은 잠이 들었어요

지난 대답들이 내 몸 깊숙이
붉게 물들기 시작했어요
그때를 생각하는 두근거리는 심장은 좀처럼
가라앉지 않고
낯익은 지도를 펼쳤어요

돌아서며 나를 걸어 둔 골목길이 보였어요
당신이라는 이름이 별빛으로 쓰이고
부르르 떨리는 계절은 풍경 속에 있었어요

재빠르게 슬픔을 지운 흰 날개가 펼쳐졌지요
당신의 질문에 답하지 못한 내가 걸어가고 있었어요
붉은 흔적은 쉽게 지워지지 않았어요

당신이 없는 하루는 휘파람으로 되돌아오곤 했어요
회갈색으로 번지는 울음 같았어요

꽃잎 떨어지는 소리조차 들리지 않았어요
어떤 처방전으로도 치유되지 않은 병명이었어요

저녁 미사

한 무더기 흔들고 간 바람이
쓰러진 나를 닦아낸다
무릎팍의 신열이
담벼락의 흐느낌 바라본다
그림자를 쪼아대는 저녁이 오고
어스름 끌어 앉는 노을은
웅크린 생을 연주한다
하염없이 떠도는 기도는
부풀어 오르고
굳은 각오는
의미 잃은 빈 마음을 뒤적여
주체하지 못하는 울음을 어루만진다

서러운 눈 가장자리로
초승달이 위안을 들여놓고
바람에 잘려나간 통점 위로
별빛이 쏟아져 내린다
생의 코드를 짚어 가던 멍울들이
버둥대는 목덜미를 찬란히 끌어 앉으면
허물어졌다 지어지는

밤안개의 손길을 맞이한다
어둠을 바라보는 나는
지상의 가장 낮은 자세로
난시의 풍경을 경배한다

빈 배로 누워

물살을 읽으며
강의 중심으로 흘러간다
반쯤 잠긴 그윽한 풍경이
느린 오후의 햇살을 주고받는다
환상통에 시달리던 징검다리는
수화를 주고받으며
허기진 눈빛을 떠나보내고
검은머리물떼새가
제 보폭의 너비로 노 저어간다
수많은 비상이 물결을 기억하고
바람에 실려 가는 망각은
아득한 독백을 토해낸다
한때의 격랑을 빨아들이며
거센 포말로 나부끼는 가픈 생은
흔들리는 수평을 견딘다
강물에 육신을 침잠하며
내려놓는 나의 우주
푸른 하늘을 내 안으로 끌어들인다
잠보다 깊은 시름을 온몸 적셔
적막으로 출렁이고
깨어나지 않는 꿈 한 자락 승천한다

바람의 끝

우주를 겨냥하던
늦은 별들이
위태롭게 매달려 있다
적요를 기억하는 자정 무렵
고단한 몸을 가다듬어
명상에 든다
뒷꿈치를 쳐든 숨소리가
몸보다 낮게
마음을 따라 나선다

비탈진 지구본을
회전하는 순례자들이
적막의 꽃잎들을 쌓는다
길을 나선 어둠이
그림자를 삼키면 나는
검은 숲속에 몰입된다
떠나는 별똥별이
일천의 불빛을 켠다
달빛 속에
환희 빛나는 카일라스
생이 잠시 빛난다

사이펀
현대시인선
15

해독의 지느러미를 헤쳐간다 김미선

몽상에서 명상으로,
혹은 해탈의 길

황치복(문학평론가)

몽상夢想에서 명상冥想으로, 혹은 해탈의 길
― 김미선, 『해독의 지느러미를 헤쳐간다』의 시세계

황치복
(문학평론가)

1. 몽상과 명상, 삶의 이치에 접근하는 두 기제

2010년 『불교문예』를 통해 등단한 김미선 시인은 그동안 『어떤 씨앗』(문학의전당, 2011)과 『뜨거운 쓸쓸함』(지혜, 2014) 등의 시집을 출간한 바 있다. 『해독의 지느러미를 헤쳐간다』는 시인의 세 번째 시집인데, 이번 시집에서 시인은 몽상과 명상을 결합하여 삶의 신비와 이치를 깨닫고자 하는 구도의 열정을 보여주고 있다. 환상과 몽상이 어우러진 시인이 시세계는 몽환적인 정취를 보여주기도 하지만, 단순히 꿈과 같은 판타지에 머무르는 것은 아니다. 시인의 몽상과 환상은 자연의 신비와 삶의 이치를 향한 도정에서 발현되는 사유와 상상력과 결합하여 현실과 실재에 숨어 있는 진실을 밝히려는 탐구의 노력의 일환으로 해석될 수 있다. 시인의 몽상이 단순한 몽상이 아니라 세계의 이치를 궁구하는 명상의 성격을 지니고 있는 것을 이러한 상상력의 구도 때문이다.

가스통 바슐라르Gaston Bachelard는 '시적 몽상'을 일반적인 꿈으로서의 몽상과 대비하여 설명한 바 있는데, 일반적인 몽상夢想이란 심리적 방기 상태의 일종으로서 결합하는 힘이 없는 시간, 풀려버린 시간 속의 꿈을 의미한다. 그것은 의도도 없고 기억도 없이 작용하는 현실 밖으로의 도피와 같은 성격을 지니고 있다. 반면에 시적 몽상이란 모든 의미가 깨어나 조화를 이루게 되는 언어적 상상으로서 영감을 주는 것이기도 하고, 하나의 세계를 창조하기도 하며, 우주에서 우리 존재의 성장 가능성을 가르쳐 주는 구성적인 것이기도 하다. 그러니까 시적 몽상은 헛된 꿈이 아니라 하나의 세계를 창출하는 창조적이고 구성적이며 의도적인 의식의 산물인 셈이다.

한편, 명상(meditation, 瞑想)이란 몽상과는 달리 자신의 내면으로 침잠해 들어가는 의식의 작용이다. 몽상과 달리 명상은 종교적인 색채가 가미된 의식 작용인데, 인간의 모든 생각과 의식은 고요한 내적 의식에 있다는 가정하에 인간의 마음을 순수한 내면 의식으로 몰입하도록 만들어 참된 자아를 찾으려는 집중된 의식을 지칭한다. 그러니까 명상이란 진정한 자아를 찾아서 고통과 얽매임, 갈등의 원인을 궁구하고 그것으로부터 벗어날 방법을 강구하여 해탈과 열반의 경지에 이르게 하는 수행의 하나라고 할 수 있다. 김미선 시인의 이번 시집에서는 이러한 몽상과 명상이 서로 길항하면서 결합하여 마음의 이치와 세상의 모습을 반조反照하면서 독특한 시적 세계를 창출하고 있다. 물론 이러한 상상력의 구도에서 불교적 사유가 중요한 원리로 작동하고 있음은 말할 필요도 없다.

　몽상과 명상을 통해서 시인이 추적한 삶의 진실과 세상의 이치 속에는 불안과 이별에서 야기되는 번뇌가 있다. 어떻게 보면 이러한 번뇌야말로 시인의 몽상과 명상을 촉발하는 주요한 기제라고 할 수 있을 것이다. 그러니까 번뇌가 몽상과 명상을 야기하고, 시인은 이러한 기제들을 통해서 그것의 바탕을 들여다보며 거기에서 벗어날 방법을 궁구하고 있는 것이다. 여기에 불교적 수행과 깨달음의 관념들이 스며들어 시인의 시적 상상은 더욱 복잡하고 깊이 있는 국면을 연출한다. 작품을 읽어보면서 시인의 상상력이 구축한 이미지의 세계를 따라가 본다.

　　오후 3시의 사색이

　　나선형 계단을 내려선다

　　의식을 번역하는 창백한 독백이

　　목덜미로 흘러내리자

　　정오의 늦은 햇살이

　　다면체의 구름을 건져 올린다

　　어둠에 불을 지피는

　　싸늘한 절망의언어가

　　불안한 시간을 포섭하고

　　창가에 앉은 노인은

　　나뒹구는 고뇌를 새김질한다

　　그늘이 창틀 사이로

장엄한 어깨를 타고

연금술을 불러 모은다

허공을 쌓아가는 화가는

사유의 두께를 재기 시작하고

역광을 받아 든 통점이

고독한 심장을 질주한다

생각하므로 존재하는

큐비즘의 회로가

노을빛 영혼을 풀어 헤친다

— 「하드먼손 램브란트의 그림자」 전문

램브란트의 그림 〈명상 중인 철학자〉(1631)를 모티브로 해서 쓰여진 작품인데, 명상에 대한 시인의 관심과 상상력의 구도를 확인할 수 있는 작품이다. 나선형의 계단을 배경으로 창문으로 흘러들어오는 빛과 주변의 어둠이 대조를 이루는 가운데 한 늙은 철학자가 사색에 빠져 있다. 시인은 이를 해석하여 철학자가 "불안한 시간을 포섭하고" 있으며, "나뒹구는 고뇌를 새김질한다"고 진단한다. 뿐만 아니라 "창백한 독백"이라든가 "싸늘한 절망의 언어", 그리고 "고독한 심장" 등의 표현들은 철학자가 자리잡고 있는 실존적 위치를 암시하고 있는데, 이러한 구도는 시인이 삶과 세계에 대해 지니고 있는 기본적인 의식의 구도를 시사하기도 한다.

그러니까 시인의 의식의 흐름을 되짚어보면, 한 늙은 철학자가 삶의 고뇌로 인해서 명상의 세계에 침잠해 있으며,

고뇌에 사로잡힌 철학자의 의식을 지배하는 것은 불안이라고 할 수 있다. 철학자는 자신의 이러한 번뇌와 불안을 되새김질하면서 해소하려 하는데, 그 수단은 "싸늘한 절망의 언어"라고 할 수 있으며, 그것을 통해서 번뇌에서 해방되는 "연금술"과 같은 신비와 초월적 비전을 꿈꾸고 있다. 화가는 이러한 철학자의 "사유의 두께"를 선과 색을 통해서 포착하고 있으며, 그러한 철학자의 사색을 그리는 것이 "노을빛 영혼"의 해방과 통한다는 것을 믿고 있다. "생각하므로 존재"한다는 이러한 철학자와 화가의 믿음에 대해서 시인도 공감을 지니고 있음을 알 수 있으며, 철학자와 화가의 의식의 흐름과 내면 풍경 속으로 틈입해 들어가려는 시인의 관심과 열망이 이를 대변해주고 있다. 시인이 명상에 주목하는 이유와 그 원인이 번뇌와 불안에 있음을 알 수 있으며, 명상을 통해 도달하고자 하는 궁극의 지점에 대해서도 짐작할 수 있었다.

　김미선 시인의 이번 시집에서는 수시로 몽상과 명상의 이미지들이 화려한 색채로 펼쳐진다. "내가 비의 통제부를 놓친 순간/ 하얀 제복을 차려입은/ 당신의 환상이 펄럭인다"(「아버지를 읽다」)와 같은 표현에서는 아버지에 대한 이미지가 환상의 형식을 통해서 환기된다. 또한 "하늘은 저리 높아 또 무슨 신호를 보내고 있었을까"(「그의 불편한 방식」)라는 대목을 보면, 하늘은 단순한 자연이 아니라 끊임없이 시인에게 어떤 메시지를 전달하는 영매와 같은 것인데, 시인은 몽상을 통해서 이를 포착하려고 한다. 뿐만 아니라 "분분히 날리는 꿈의 조각들/ 물보라를 밀어내며/ 현기증을 부른다"(『정오의 비』)와 같은 구절을 보면, 내리는 비도 단순한 자연 현상이 아니라 '꿈의 조각'과 같은 성격을 지니고 있으며, 그래서 시인에게 어떤 몽상의 세계로 초대하는 기제가 된다. 시인의 의식 세계 속에서는 수시로 "소리 없이 켜켜이 쌓여간 몽상이/ 부스러진 빵가루처럼 바닥으로 떨어져 내리고"(『이중연속무늬』) 있는 셈이다.

외부의 대상이 시인에게 몽상을 촉발하는 것만은 아니다. 시인은 수시로 대상을 향해 몽상의 나래를 펼치며 그 대상 속으로 잠입해 들어가기를 꿈꾸기도 한다. 예컨대 "영혼의 동지를 찾아 나선 뒤척임으로 고통을 잉태하고"(『성난 파도1』)에서는 적극적으로 몽상 속으로 파고드는 시인의 모습을 발견할 수 있고, "빈 잔은 스스로 자라나고/ 몽상가의 여행은 파란 문으로 열린다"(『혼술』)는 대목에서도 대낮의 술잔을 통해서 몽상의 세계로 빨려 들어가는 시인의 모습을 확인할 수 있다. 또한 "강물에 육신을 침잠하며 / 내려놓는 나의 우주/ 푸른 하늘을 내 안으로 끌어들인다 / 잠보다 깊은 시름을 온몸 적셔/ 적막으로 출렁이고/ 깨어나지 않는 꿈 한 자락 승천한다"(『빈 배로 누워』)라는 구절을 보면 강물과 하늘 속으로 잠입하여 몽상의 세계를 구성하는 시인의 의식의 흐름을 선명한 이미지로 보여주고 있기도 하다. 시인은 "하늘을 향해 꿈을 장전하는 여유"(『그의 불편한 방식』)를 그리워하며 흔쾌히 몽상의 세계로 잠입하는 것을 추구하는데, 이러한 시의식은 그것이 지금—여기의 부정적인 기제들을 해소할 어떤 해방구와 탈출구 역할을 하기 때문일 것이다. 시인 자신의 내면 모습을 반추하는 다음 작품이 이를 잘 보여준다.

> 나의 영혼은
> 대부분 잿빛이다
> 나를 펼쳐보는 사람들은
> 언제나 나를 떠나간다
> 쏟아지는 비를 역행할 수 없어
> 기적을 믿지는 않는다
> 그러나
> 가벼운 구름의 예감이
> 좁은 통로에 빨려 절망을 통과하듯
> 생을 걸어간다
> 안개로 피어나
> 진눈깨비의 고독을 들으면
> 내 안의 우수는 문득
> 예기치 못한 설레임을 듣는다
> 오늘도 나는
> 흰희를 맞으며
> 저녁 산책을 나선다
> 안심하라
> 나의 바슐라르여

— 「어느 자화상」 전문

"나의 영혼은/ 대부분 잿빛이다"는 표현은 삶의 에너지
의 탕진으로 말미암아 자신의 내면이 고갈된 상태라는 것

을 암시한다. 어떠한 창조적 에너지도 가지고 있지 않은 페시미즘의 비전이 지배하고 있는 셈이다. 그런데 시적 화자는 이러한 상황에서 "기적을 믿지는 않는다"라고 고백하면서도 "가벼운 구름의 예감이" 생을 지탱하는 힘이 될 수도 있음을 시사하고 있다. 또한 "안개로 피어나/ 진눈깨비의 고독을 들으면" "예기치 못한 설레임을 듣는다"고 고백하기도 한다.

이러한 시적 구도에서 대립적인 이미지가 눈에 띄는데, 하나는 "쏟아지는 비를 역행할 수 없어/ 기적을 믿지 않는다"는 표현이나 "진눈깨비의 고독"이라는 구절에서 연상할 수 있는 추락과 몰락의 이미지로서 중력이 지배하는 무거움의 힘이 작동하고 있다. 다른 하나는 "가벼운 구름의 예감"이라든가 "안개로 피어나" 등의 표현에서 연상할 수 있는 상승과 비약의 이미지로서 중력의 힘을 떨쳐내는 의지의 힘이 작동하고 있다. 그러니까 시적 화자는 무거움의 중력이 끌어내리는 추락의 기제에서 벗어나 비상과 도약을 꿈꾸는데, 이러한 비상의 이미지들은 "좁은 통로에 빨려 절망을 통과하듯"이라든가 "예기치 못한 설레임을 듣는다"는 구절에서 알 수 있듯이 생의 환희로 연결된다.

그러니까 시인은 쏟아지는 비를 보면서 떠오르는 구름의 예감에 사로잡히기도 하고, 안개로 피어나서 쏟아지는 진눈깨비라는 대상의 내부에 들어가 그것이 지닌 고독을 읽기도 하는데, 이러한 의식의 작용은 곧 몽상과 명상의 성격을 지니고 있다. 쏟아지는 비를 보면서 그것이 다시금 순환해서 하늘에 오르는 미래상인 구름을 연상하기도 하고, 사물의 내부에 들어가서 자신의 내면과 같은 고독의 정동을 성찰하고 있기 때문이다. 시인은 이러한 몽상과 명상의 결과로 "오늘도 나는/ 환희를 맞으며/ 저녁 산책을 나선다/ 안심하라/ 나의 바슐라르여"라고 노래하는데, 몽상과 명상이 창조적 에너지의 탕진을 만회하여 생의 환희로 전환하는 변증법에 대해서 고백하는 장면이라 할 수 있다. 마지막에 신자가 종교적 대상을 찬미하듯이 비슐리르를 부르는 장면에서는 몽상의 창조적 힘에 대한 믿음과 확신을 읽을 수도 있다. 「자화상」이라는 시는 몽상과 명상이 시인의 해방구이자 구원자라는 것을 분명히 보여주고 있는데, 탈출하고자 하는 영역은 곧 '잿빛 영혼'임도 알 수 있다. 그런데 잿빛 영혼의 실체는 불안과 이별로 점철된 존재 조건에서 유래한다. 이를 좀더 깊이 살펴보기 전에 우선 시인이 시로 그린 인생관부터 보자.

2. 불안과 이별, 삶을 추동하는 질료

한순간 머무는 바람이야

그리고 영원히 사라지질 않을 태양을 사냥하고 있지

백지를 채워줄 행간은 새가 노래하는 환상일 뿐

광활한 날들의 낱글자들이 슬픔으로 가득 떠다니지

순탄하면 아름다움이 아닌 것처럼

기도를 품은 햇살이 흰 눈으로 내리기도 하지

절망을 받쳐주는 뿌리로, 꽃들이 저만치서 펄럭이고

향기는 유혹의 다른 말처럼 침묵 속으로 사라지지

정녕 캄캄하고 환하게

— 「삶, 또는 사랑」 전문

　삶이란 "한순간 머무는 바람"처럼 허망하다는 것, 혹은
삶의 내용이란 "새가 노래하는 환상"과도 같이 꿈결 같다
는 것, 그리고 삶의 "광활한 날들"은 "슬픔으로 가득" 차
있다는 비관적인 전망이 잔잔하게 토로되고 있다. 이러한
페시미즘적인 전망은 앞서 언급한 '잿빛 영혼'의 구체적인
배경으로 작용하고 있을 것이다. 결국 삶이란 "순탄하"지
않은 여정이며, "절망"의 연속으로 점철되며, 환상과 슬픔
으로 조합되지만 "침묵 속으로 사라지"고 마는 비극적 인
식이 삶에 대한 관점을 가득 채우고 있는 것이다.
　하지만 역시 대조적으로 그러한 유한하고 페시미즘적인
삶은 "영원히 사라지지 않을 태양을 사냥하"기도 하고, 순
탄하지 않은 "아름다움"을 추구하기도 하며, "절망을 받쳐
주는 뿌리"인 "꽃"을 피우려고 노력하기도 한다. 절망을

받쳐주는 그 꽃은 비록 "다른 말처럼 침묵 속으로 사라지" 기는 하지만, 아름다운 "향기"를 발산하기도 한다. 또한 "광활한 날들의 낱글자들이 슬픔으로 가득 떠다니"기도 하지만, "새가 노래하는 환상"으로 "백지를 채워줄 행간"을 남기기도 한다. 그러니까 삶이란 염세적인 비관이 지배하는 장이기도 하지만, 삶은 그것을 창조적인 역능으로 삼아서 영원과 아름다움을 꿈꾸게 되는 것이다. 물론 영원과 아름다움의 세계란 시인이 추구하는 시와 예술의 세계이며, 그것을 추동하는 힘은 몽상과 명상이 될 것이다.

이처럼 삶의 곤궁과 예술적 해방이라는 이원적인 대립 구도가 "정녕 캄캄하고 환하게"라는 역설 속에 응축되어 있다. 캄캄한 삶의 조건과 그것의 승화로서의 예술 세계라는 대립 구도가 이러한 역설을 탄생시킨 근본적인 동인일 것이다. 그런데 주목되는 점은 이러한 구도에서 삶의 조건이 소멸과 슬픔, 절망과 험난과 같은 부정적인 기제들로 채워지고 있다는 것이다. 물론 이러한 비극적인 인식이 몽상과 명상의 기제를 촉발시키는 계기가 되는 것이겠지만, 그것이 더욱 심화되면 '불안'으로 수렴된다.

벽을 피해 낮은 지붕 아래 선 오토바이
어김없이 악몽에 빗금을 긋는다

몸을 휘감는 불안이 사이렌 안에서 부스럭거린다

자국 선연한 갈기가 골목을 긁고 있다

폭주를 대신해 휘날리는 벽으로 기어들어가는

주체하지 못하는 바퀴들

날 선 차단기를 더듬는 짙은 암흑 너머
허공을 질주하고

건너가지 못하는 막다른 뒷골목은 의외로 담담하다

아슬, 아슬하게 펄럭이는 시그널
흑과 백으로 구분되지 않는다

어둠을 익혀 또렷이 드러나는 밤하늘에
방향 감감을 잃은 망각이 신호를 등지고

조심스레 수습된 불안이 오버랩된다

벗어나려 할수록 또다시 펼쳐지는
난간이 일상을 지탱한다

―「순례」 전문

　오토바이의 질주를 모티브로 해서 현대인들이 품고 있
는 불안의 내면풍경이 그려지고 있다. 불안의 구상적인 모
습은 주로 이미지를 통해 표상되고 있는데, "악몽"이라든
가 "사이렌", "날선 차단기", "짙은 암흑" 등의 다양한 이

미지들이 불안의 선명한 모습을 전경화하고 있다. 악몽이라든가 암흑 등의 표현들은 탈출구 없이 위험한 곡예를 질주해야 하는 현대인의 처지를 암시하고 있으며, 사이렌이라든가 차단기 등의 이미지는 그러한 현대인의 삶의 조건에 대한 경고와 경계의 심리적 방어기제를 내포하고 있다.

뿐만 아니라 "아슬, 아슬하게 펄럭이는 시그널", "방향 감각을 잃은 망각" 등의 표현들이 이에 결합하여 현대인들의 맹목적인 질주와 아찔할 정도로 위태로운 처지를 생동감 있게 살려내고 있다. 직접적인 표현도 없지는 않은데, "몸을 휘감는 불안"이라든가 "조심스레 수습된 불안이 오버랩된다"는 표현 등이 현대인이 품고 있는 불안의 모습을 명시적으로 드러내고 있기도 하다. 그러니까 현대인들은 오토바이의 질주와 같이 안전장치 없는 "허공을 질주하고" 있으며, 수많은 위험신호와 경고에도 불구하고 그러한 질주를 멈출 수 없는 삶의 조건을 형상화하고 있는 셈이다.

그런데 시인은 위태로운 현대인의 삶의 양상을 다양한 각도에서 묘사하고 나서 그러한 모습을 아우르는 제목으로 '순례'라는 이름을 붙이고 있다. 잘 알다시피 순례巡禮란 신앙 행위의 일환으로 종교상의 성지나 영장을 찾아다니면서 참배하는 여행을 지칭하는데, 시인은 현대인의 오토바이의 질주와 같은 삶의 행태에 대해서 그러한 이름을 붙이고 있다. 이러한 구도는 현대인의 삶이란 위험과 불안을 삶의 자양분으로 삼고 있다는 것, 그래서 위험한 폭주와 거기에서 야기되는 불안이란 현대인들이 치러야 하는 수난과 수행과 같은 것일 수 있음을 암시하고 있다. 시의 마지막 구절에서 "벗어나려 할수록 또다시 펼쳐지는/ 난간이 일상을 지탱한다"라는 표현을 보면, 현대인의 삶이란 '난간'에 의해 지탱되는 것이며, 위험과 불안이라는 것이 나날의 삶에 자양분을 제공하는 동인이 되고 있다는 인식을 읽을 수 있다. 불안에 대한 시를 한편 더 읽어본다.

나는 더는 버티지 않아도 괜찮았다
불안이 넘어지기 딱 좋은 시기였다

몰아치는 비바람이 비말처럼 터져버린 밤
늘 온순한 꽃대가 도발적이었다

또 다른 페르소나는 폭죽을 터뜨렸고
어딘가에 숨어 있던 뿔들은
내 여린 눈매를 공격하기 시작했다

연잎처럼 비를 받쳐주던 맑은 얼굴이
가시 선인장을 떠받치고 있었다

언제나 평온을 가장한 하늘이었다
커브 길을 돌아 통로를 이탈한 그림자
터널을 빠져나가는 긴 울음을 들었다

나에게 길든 헐벗은 숲에
열병이 뚝뚝 떨어져 내렸다

감당하지 못하는 중력을

더는 버티지 않아도 괜찮았다

—「콤플렉스」 전문

콤플렉스의 사전적 의미는 현실적인 행동이나 지각에 영향을 미치는 무의식의 감정적 관념이다. 다른 말로 하면 강박관념, 혹은 감정적으로 뭉친 덩어리로서 개인이 의식하든 하지 않든 상관없이 개인의 행동과 정동에 영향을 미치는 심리적 힘을 말한다. 그런데 이러한 심리적 복합체라는 제목을 설정하고 시인은 불안의 이미지들을 다양하게 구축하고 있다. 예컨대 "몰아치는 비바람이 비말처럼 터져버린 밤"이라든가 "어딘가에서 숨어 있던 뿔들은/ 내 여린 눈매를 공격하기 시작했다" 등의 구절들이 불안을 조성하고 있다. 비말처럼 파열하는 밤이라는 이미지, 그리고 눈매를 찔러오는 날카로운 뿔의 이미지가 불안의 강박관념을 심화하고 있는 것이다.

이어지는 "가시 선인장"이라는 날카로운 이미지도 그렇지만, "커브 길을 돌아 통로를 이탈한 그림자"라는 이미지 또한 궤도를 튕겨나가는 위반으로 인해서 불안을 심화시킨다. "나에게 길든 헐벗은 숲에/ 열병이 뚝뚝 떨어져 내린다"는 표현 또한 삭막한 풍경과 함께 불타는 이미지가 결합하여 묵시록적인 풍경을 연상하게 한다. 물론 직접적인 표현도 있는데, "불안이 넘어지기 딱 좋은 시기였다"라는 표현이 그것이다. 이러한 직접적인 표현은 시인의 내면에 불안이 상존하고 있음을 암시하고 있는데, "나는 더는 버티지 않아도 괜찮았다"라든가 "감당하지 못할 중력을/더는 버티지 않아도 괜찮았다"라는 표현들이 콤플렉스를 인정하고 그것에 대항하는 의식적 행동을 포기하는 듯한 체념을 시사한다. 그러니까 시인은 본인의 의지와 무관하게 어떤 생각이나 충동, 장면이 침투적이고 반복적으로 떠오르는 강박적인 관념에 붙들려 있는데, 이러한 강박에서 몸을 맡겨버리려는 충동에 사로잡혀 있는 것이다. 물론 이러한 충동은 불안이 야기한 것이다. 그렇다면 불안은 어떤 동인이 야기한 것일까?

어떤 물음 뒤에 깊은 잠이 들었어요

지난 대답들이 내 몸 깊숙이
붉게 물들기 시작했어요
그때를 생각하는 두근거리는 심장은 좀처럼
가라앉지 않고
낯익은 지도를 펼쳤어요

돌아서며 나를 걸어 둔 골목길이 보였어요
당신이라는 이름이 별빛으로 쓰이고
부르르 떨리는 계절은 풍경 속에 있었어요

재빠르게 슬픔을 지운 흰 날개가 펼쳐졌지요
당신의 질문에 답하지 못한 내가 걸어가고 있었어요
붉은 흔적은 쉽게 지워지지 않았어요

당신이 없는 하루는 휘파람으로 되돌아오곤 했어요

회갈색으로 번지는 울음 같았어요

꽃잎 떨어지는 소리조차 들리지 않았어요

어떤 처방전으로도 치유되지 않은 병명이었어요

— 「회상 처방전」 전문

　시인은 삶이란 순탄치 않은 여정이며, 슬픔과 절망으로 점철된 나날이라고 고백한 바 있고, 불안과 번뇌에 잠식된 일상의 곤경에 대해 다양한 이미지를 통해서 구상화한 바 있지만, 그러한 염세적인 세계관의 근원적 원체험으로서 사랑하는 사람과의 이별이 있다. 시적 논리를 돌이켜 보면, "당신"이라는 "질문"이 있었고, 나는 그 질문에 답하지 못했으며, 그 질문은 시적 화자에게 "깊은 잠"과 같은 후생을 기약했다. 그러니까 "당신이라는 이름이 별빛으로 쓰이고" 모든 것은 결정되었으며, 당신과의 합일하지 못한 나의 여생은 '깊은 잠'과 "회갈색으로 번지는 울음"의 나날로 채워지게 된 것이다.

　당신과의 이별이 모든 운명의 지침을 결정했기에, "당신이 없는 하루는 휘파람으로 되돌아오곤 했어요"라는 고백처럼 시적 화자의 일상을 지배하는 것은 대답 없는 호명과 부재의 쓸쓸한 현실이다. 시적 화자는 "그때를 생각하는 두근거리는 심장은 좀처럼/ 가라앉지 않고"라고 고백하기도 하고, "부르르 떨리는 계절은 풍경 속에 있었어요"라고 하면서 원체험의 강렬함과 그것의 결정적인 성격을 암시하고 있다. '두근거리는 심장'이라든가 '부르르 떨리는 계절' 등의 표현들이 당신의 운명적인 성격을 함축하고 있는 것이다. 시적 화자는 당신과의 이별이 "내 몸 깊숙이/ 붉게 물들"게 했으며, "붉은 흔적은 쉽게 지워지지 않았어요"라고 하면서 낙인과도 같은 상흔이 상존함을 강조하고 있다.

운명과도 같은 존재였기에 그의 부재는 시인의 삶에 고통과 좌절을 야기할 수밖에 없으며 그것은 불안의 근원적인 동인으로 작용할 것이다. 시적 화자는 사랑하는 당신에 대한 회상이 이별이라는 결핍의 상태를 해소할 수 없음을 "어떤 처방전으로도 치유되지 않은 병명이었어요"라는 고백을 통해서 시사하고 있다. 당신이 없는 삶은 불안과 파행의 연속이기에 시인은 "세상을 잊은 몽환적인 아리아가 정적을 갉아 먹는 불안이라니"(「늪」)라고 하면서 수시로 불안의 얼굴을 포착하기도 하고, "살아간다는 것은 불륜을 바라보는 일"(「소실점」)이라고 하면서 사람이 마땅히 지켜야 할 도리의 가벼움에 대해서 사유하기도 한다.

하지만 어떤 처방전도 효과를 발휘할 수 없기에 시인은 수시로 당신과 관련된 대상들을 찾아다니며 "당신과의 접속을 시도"(「첫인상」) 한다. "우람한 나무를 보면 당신을 바라보는 눈빛이 흔들려요"라고 하면서 나무를 당신과 연관시키기도 하고, "또 어김없이 비 내리면 허물어지겠지만/ 그래도 당신을 끊임없이 스밍해요"(「첫인상」)라고 하면서 당신과의 만남을 재연하고 싶은 열망을 드러내고 있다. 시인에게 당신의 존재는 거의 일상이 되어 있기도 한데, "외딴 비탈길에 만난 후투티의 울음이/ 가슴 언저리를 스치고 지나갈 때/ 야윈 당신의 그림자가 잠시 다녀갔다"고 고백하는 장면에서 이를 확인할 수 있다. 시인은 언제나 부재의 당신에 대해 생각하면서 "허공을 딛고 당신을 견디고 있"(「한파주의보」)는 견인주의적 삶의 자세를 견지하고 있는 것이다.

그러니까 '허공을 딛고 당신을 견디'는 하루하루의 일상을 영위하는 시인의 삶의 모습은 근원적인 결핍의 동인이 어디에 있는지를 분명히 하고 있는 셈인데, 이러한 결핍으로 인해 시인은 슬픔과 절망의 나날 속에서 불안으로 점철된 일상을 견디고 있는 것이다. 그러니까 삶이란 근원적인 부재로 인해 불안이 야기되고, 불안은 번뇌와 고통의 씨앗이 되어 시인을 사로잡고 있는 셈이다. 불안과 번뇌를 벗어날 해방구는 어디에 있는가? 그것은 물론 명상 속에 있을 터인데, 여기에 불교적 상상력이 가미되어 해탈과 깨달음의 길이 펼쳐진다.

3. 번뇌와 해탈, 혹은 불교적 상상력

우주를 겨냥하던
늦은 별들이
위태롭게 매달려 있다
적요를 기억하는 자정 무렵
고단한 몸을 가다듬어

명상에 든다
뒷꿈치를 쳐든 숨소리가
몸보다 낮게
마음을 따라 나선다

비탈진 지구본을
회전하는 순례자들이
적막의 꽃잎들을 쌓는다
길을 나선 어둠이
그림자를 삼키면 나는
검은 숲속에 몰입된다
떠나는 별똥별이
일천의 불빛을 켠다
달빛 속에
환희 빛나는 카일라스
생이 잠시 빛난다

— 「바람의 끝」 전문

　"적요를 기억하는 자정 무렵/ 고단한 몸을 가다듬어/ 명상에 든다"는 구절이 저간의 사정을 요약하고 있다. 시적 화자는 적요를 추구하고 있다는 것, 그것을 얻기 위해 자정 무렵을 기다렸다는 것, 자정 무렵이 되자 그것에 도달하기 위해 명상을 들어간다는 것 등의 시적 구도가 목표와 수단을 명확히 하고 있는 것이다. 그러니까 적요야말로 시적 화자가 추구하는 궁극적 목적이라는 것, 그것에 도달하는 길은 명상이라는 것을 시상의 구도를 통해 명시하고 있는 셈이다. "적막의 꽃잎"이라는 이미지 또한 "적요"와 마찬가지로 시적 화자의 궁극적 지향점인데, 시적 논리에 의하면 그것은 "검은 숲속"으로의 몰입을 통해 도달할 수 있다.

"검은 숲속"의 상징은 매우 의미심장한데, 이를 해명하는 것이 중요한 과제가 된다. 미리 당겨 말하자면 그것은 명상을 통한 집착과 번뇌의 무화無化를 의미한다. 시적 화자는 "고단한 몸을 가다듬어/ 명상에 드"는데, 이때 숨소리는 몸보다 낮게 낮추어야 하고, "길을 나선 어둠이/ 그림자를 삼키"어야 한다. 그러니까 검은 숲속에 몰입하기 위해서는 자신을 낮추고 비우는 작업이 선행되어야 하며, 어떠한 자의식이라든가 무의식과 같은 강박관념에서 벗어나 자유로워져야 하는 것이다. 이렇게 되어야 검은 숲속에 몰입할 수 있는데, 이때는 "떠나는 별똥별이/ 일천의 불빛을 켜"게 되고, "달빛 속에" "카일라스"는 "환희 빛나"게 된다. '카일라스'가 캉디스 산맥의 한 봉우리이며, 불교에서 신성시하는 '수미산'의 실제모 델이라는 것을 생각해 보면, 떠나는 별똥별의 상징이라든가 밝게 빛나는 카일라스의 의미를 쉽사리 짐작할 수 있다.

시집의 후반부에 집중적으로 빈출하는 불교적 상상력은 시인이 번뇌와 집착을 끊고 깨달음에 이르고자 하는 시적 열망을 지니고 있음을 명시적으로 드러내고 있다. 그리고 빈번히 반복되는 명상과 단절의 이미지는 불안으로 야기된 번뇌로부터의 해방에 이르는 방법을 암시하고 있다. 시인은 "신음하는 고뇌가 별빛을 일으킨다/ 처절히 달려드는 오뉴월 번뇌가/ 휘장을 펼쳐 열꽃을 피운다"(『인도 시편111-영취산에서』)라고 하면서 삶에 만연한 고뇌와 번뇌의 실체를 수시로 목격하면서도 그것이 '별빛'으로 상징되는 해탈의 동인이라는 것을 잊지 않는다. 그리고 "올가미 씌운 환생/ 끝없이 다가오는 명상에 든다"(『카르마』)라고 하면서 명상이야말로 카르마에서 벗어나는 지름길임을 강조하고 있다.

시인은 '번뇌가 곧 해탈'이라는 불교의 잠언을 충분히 이해하고 있지만, 그 가운데에 명상이라는 매개물을 설정하고 있는 셈이다. 예컨대 "주름살 깊이 침묵하는 고뇌가/ 안개를 헤치며 경전을 쏟아내고/ 검붉은 사유가 푸른 눈빛을 따라/ 강가를 휘날린다"고 하거나 "고행의 극치는/ 목숨의 두께를 배회하고/ 움푹 파인 관자놀이가/ 쏟아지는 유혹을 휘감는다"(『인도 시편11-수행자』)라고 할 때, 물론 고뇌와 유혹이 깨달음의 질료 역할을 하지만, 그것을 매개하는 것은 '사유'라든가 '고행'으로 언표되는 명상과 만행萬行의 수행일 것이다. 이러한 시적 논리를 잘 보여주는 대목이 다음 구절인데, "몰락을 꿈꾸던 나는/ 아픈 기억을 하나씩 자른다/ 비워지면 깨어나는 기도가/ 걸음마다 벼랑을 헐어내고/ 산사의 어귀를 서성인다/ 아득한 전생을 건너온 아미타경/ 산모롱이 돌아 나오자/ 달마산의 허리에/ 작은 등불 하나 매달린다"(『달마고도』)라는 시상 속에 고뇌와 고통이 기도와 명상을 통과해서 '작은 등불'에 이르는 과정이 아로새겨져 있다. 그러면 시인은 사랑하던 사람과의 이별

에서 야기된 불안과 고뇌에서 벗어나 자유를 얻었는가? 다
음 작품에서 이를 확인해 볼 수 있다.

걸으면서 난 생각해요

바람에 말 건네지 않아요

하늘에 닿으려 하지도 않아요

단지 나는 걸을 뿐이죠

길이 아름다워요

살아가는 일 처럼요

나 혼자인 채로 걸어가요

누군가의 미소는 흘려보내도 좋아요

격려도 때론 무겁거든요

껍질을 깨고 나가는

나무의 허공을 올려다 보아요

꽃이 지는 이유도 잊어버려요

오직 길과 함께 있어요

햇살을 헤치며 푸른 그리움이

이제 떠나는 것을 깨달아요

숨겨진 희열이 눈길을 틔우고

숨결은 있는 듯 없는 듯

눈부시게 빛나는 길의 영혼을

노래해요

— 「랩소디 풍으로」 전문

관능적이면서도 내용이나 형식이 비교적 자유로운 환상

적인 기악곡인 "랩소디 풍으로"라는 제목 자체에서 시적 화자가 얼마나 자유로운 영혼 상태에 도달했는지를 짐작할 수 있다. 특히 "~하지 않아요"라는 어구에 담긴 집착으로부터의 탈피, 그리고 "~해요"라는 어구에 담긴 긍정의 어조가 시적 화자가 얼마나 가벼워졌고 홀가분해졌는지를 시사하고 있다. 즉 "바람에 말 건네지 않아요", "하늘에 닿으려 하지도 않아요"라는 구절, 그리고 "꽃이 지는 이유도 잊어버려요"라는 표현 등이 어떤 목표라든가 시간에 대한 강박관념에서 벗어나 있는 것을 함축해주는데, 이러한 함축적 의미는 곧 외부의 대상에 의존하려는 심리라든가 집착에서 벗어나 홀로 선 주체의 자신감을 드러내 준다.

또한 "단지 나는 걸을 뿐이죠"라든가 "나 혼자인 채로 걸어가요", 그리고 "나무의 허공을 올려다 보아요" 등의 긍정적 구절들은 독립적인 주체의 행보에 대한 자신감을 함축하고 있는데, 이는 자신에 대한 긍정이라고 할 수 있다. 특히 사랑하는 사람과의 이별로 인해 야기되었던 불안과 고독, 고통과 번뇌에서 벗어난 모습을 보이는 것이 중요한데, "누군가의 미소는 흘려보내도 좋아요"라든가 "햇살을 헤치며 푸른 그리움이/ 이제 떠나는 것을 깨달아요"라는 구절에서 그러한 내용을 확인할 수 있다.

결국 시인에게 남은 것은 "길의 영혼"이라고 할 수 있는데, 이는 시인이 불안과 번뇌에서 얼마나 자유로워졌는지를 보여준다. "단지 나는 걸을 뿐이죠/ 길이 아름다워요", "오직 길과 함께 있어요", 그리고 "눈부시게 빛나는 길의 영혼을/ 노래해요"라는 표현들을 보면, 시인이 온갖 외부적 대상과 내부의 집착을 떨쳐 버리고 인생 그 자체를 그 자체로 바라보게 되었다는 것을 확인할 수 있다. 여여如如, 분별이 끊어져 있는 그대로 대상의 실체가 파악되는 마음 상태에 도달해 있는 셈이다. 물론 이러한 과정에서 "껍질을 깨고 나가는 나무의 허공"이라든가 "숨겨진 희열이 눈길을 틔우고"라는 대목에서 탈피와 탈각의 이미지를 발견할 수 있는데, 이러한 거듭남, 혹은 존재의 갱신에는 명상과 수행이 잠재되어 있을 것이다.

이상으로 몽상에서 명상에 이르는 길, 혹은 불안과 번뇌에서 깨달음에 이르는 길로서의 이번 시집의 노정을 살펴보았다. 김미선 시인의 몽상과 명상은 때로는 혼재하면서 혹은 때로는 명증하게 분리되면서 시인의 시에 불투명성과 투명성, 혹은 어둠과 빛이라는 음영을 부여하면서 시적 공간을 독특한 정취로 채색한다. 그러나 몽상과 명상은 혼탁한 세상, 불안과 번뇌로 우글거리는 세상에서 탈출구와 해방구의 길을 뚫고서 나아가는 것은 확실하다. 시인이 '길의 영혼'이라는 자유와 해방의 영역으로 들어선 것은 이러한 몽상과 명상이 고투한 간난신고의 결과일 것이다. 이제 시인은 어디로 나아갈 것인가? 앞으로의 행보가 주목된다.